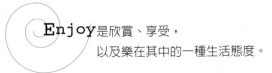

Enjoy是欣賞、享受，

以及樂在其中的一種生活態度。

瘋妹不要 不要仆街

圖・文／我媽叫我不要理她

目錄

我真的非常怕在台北搭電車。

那種電車門欲閉還開的時刻，真是讓人冷不防捏一把冷汗。

在無法衝破人群洪流的時候，又擔心車門關閉前的嗶嗶聲，真是心急如焚焦躁不堪。

我是多麼擔心我是那關門前一剎那擠上車的人，那會有多麼悽慘的下場⋯⋯

誰可以放我出去～))))

✳ 悲痛的回顧

作為一個學生，趕火車是難免的，在那你爭我奪搶進火車的時刻，又何嘗不是社會競爭型態的細微縮影？弱肉強食，只要臉皮夠厚，屁股再大的也可以搶到位子坐。

事實證明我根本沒有臉皮可言，因為我可以佔據到的位子幾乎都是鋼管位子或拉不到拉環的門邊位子，更別說時常是夾在門內跟門外

的檻尬位子。當無情的嗶嗶聲響起時，好心的同學會將我往內拉，但是門關上後我幾乎是貼著玻璃的一站過一站。

在那種moment，幸運一點的時候，我被門夾住的只有飄起來的書包皮，稍微用力一扯書包皮就回來了，頂多是脫線，也不會有什麼慘痛的損失。

再不幸運一點，也只是裙子被夾住，這個時候不管到站下車多少人、車上有多空曠，我都要裝作我很喜歡站著，而且要表現出對車門有一種熱烈的情感，還有我愛看風景。

看風景 ～看風景 ～啦啦啦

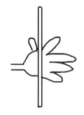

最糟的我也碰過：被電車門夾手。夾的位置很巧妙，在手指跟手掌的交界處；我一瞬間覺得斷掌順娘上身，完全沒有辦法抽手。於是我的手指在門外交際應酬，與對面月台的旅

瘋妹不要不要什街

幹嘛呀？

客say hello。

　　會造成這樣的
結果完全就是我不知道在
英勇什麼，為了搶救一張掉在座位
下卻不是我的月票不惜賠上我的手
指，明明下了火車卻再度衝上門去。
我上輩子一定欠他很多錢。

　　當時車上根本沒有多少人，空著的座位比比皆是，我一個人佯裝
愛看落日的背靠在門上，旁邊椅子上的大姐好心叫我過去坐，我強睜
著委屈的雙眼微笑示意，心頭千愁萬緒……

　　終於，該我這邊的門開了！門
一開，我就淚灑月台，頭
也不回的奔離這個傷心地
……

淚奔

車票捏著

11

吹頭髮吹頭髮，誰會吹頭髮？

急徵好心人！

週一的簡報老師要求要「吹頭髮」。

這對一向隨性的老娘來說真的是一大突破，因為我萬分不想弄個跟老師一樣的半屏山，所以我決定弄個公主頭就好。

可是我不會綁，眼看著時間就要到

什麼鬼玩意兒…

了，只好匆匆忙忙到美容院請哪位好心人幫我綁一下，整個情況就好像趙薇誤入如花的理容院被搞成梅豔芳一樣驚險……

好心人說因為我的頭髮層次打得太高，所以她很細心的在我頭上像抹水泥一樣的抹上厚厚一層

髮麗香。整個一瞬間，根根分明油油亮亮。我完全就是一隻待宰的雞，無力的看著好心人束緊我的頭髮。

　　於是：鳳姐上身。

　　鳳姐：「同學、老師，大家好。今天首度以曾文鼎髮型現身江湖，一定要向各位稟報這個好東西！

　　「這款髮麗香顏色清透、氣味芬芳、三秒即乾、不燥不散，讓我行走江湖再也不用擔心後空翻導致的瘋女十八年或飛簷走壁造成的灰頭土臉，章子怡在『臥虎藏龍』裡的狼狽樣絕對不會發生在我身上。

曾文鼎：籃球員，
莫名熱愛公主頭。

　　「除了定型之外還兼具有安全帽功能，濃濃的髮麗香裹在頭皮上，好像戴上鋼盔一樣安全。我建議國軍弟兄人手一罐，保家衛國安全無虞！好，現在是媒體自由提問。」

　　TVBS：「鳳姐今天以公主頭造型現身是否模仿曾文鼎？」

　　鳳姐：「荒唐！公主頭之所以叫公

瘋妹不要不要仆街

主頭就是公主才能使用的髮型，憑什麼要說我學曾文鼎？! 等有天公主頭變成文鼎頭你再來找我理論好了！下一位。」

　　民視：「公主頭密不透風，要是頭癢了想抓該怎麼辦？」
　　鳳姐：「這你就問對人了！在這麼困窘的情況下想抓個頭一定不得其門而入，所以要用拍的！像連方魚女士就經常拍後腦勺，不過我倒是比較擔心她力道控制不好鼻子會飛出來。好，時間到了！」

　　我頂著紮成鳳眼的鋼盔公主頭上台，只覺得雙眼快被拆散成牛郎跟織女了，手掌微微碰觸只感無限堅硬。穩重的報告完，眼睛「鳳」到要落淚了，迫不及待的衝回家洗頭。好樣的。
　　好一個髮麗香，老娘今天栽在你手裡了！居然連橡皮筋拆下後整個曾文鼎頭還是栩栩如生得不像話：聞水不動。

　　「以後別想老娘綁公主頭！」
　　晚上在電視上看見曾文鼎還是忍不住啐了一口水。

小學樣

好龐克唷!!!

真的是欲哭沒眼淚。

老娘我生來就一頭自然捲。

18歲以前是「經常性」的把鳥窩頂在頭上帶著走，自從不知道哪一個好心人士發明了「離子燙」這種感人肺腑的玩意兒才改變了老娘我18歲的內在、60歲的外在。

老娘深深的覺得人生因為離子燙而重新開始（淚）。

20歲聽信小人讒言開始蓄長髮，不知不覺長到背後。

孰不知老娘天生神經線短，並沒有分布到髮尾。

所以吃飯經常喝髮菜湯，髮尾經常跟拉鍊頭N次的親密糾纏，髮尾太沈重經常掉髮。

最近逐漸禿成湯杓的形狀，
逼得老娘今天狠狠地去剪短！恢
復我俏麗的人生！

OH, SHiT!

他奶奶的…

糾結

自然捲不是病，但捲起來真
的要人命。
　　向來不重視打扮的我並不太以
為意，但自始至終讓老娘我耿耿於懷
的是「美人尖」。
　　居然會有這種不該在我身上出現的東西
出現！真該死。

美人尖

喔喔喔!!! 又更龐了!!

自然捲跟美人尖要是分開討論真
的不需要太困擾或太害怕，但是這
兩種東西同時長在我的頭上就讓我
欲哭無淚了！就像連接孕婦跟胎兒
的臍帶上好端端的長了刺是一樣的
令人感到不知如何下手。
　　原本這個祕密只有我在洗臉戴
上髮箍或夾上髮夾才會出現……

瘋妹不要不要仆街

氣死人了!!

真是讓老娘心又悲心又驚。

這條美人尖做人真公道,不左分也不右分,捲得雜亂無章毫無紀律又愛出風頭,防不勝防!!

最悶的是一輩子甩不開這一條「有個性又硬頸」的美人尖!

要是平時它躲得好好的我也不會這樣失控,最令人心驚膽跳的是它老是幻想自己是「帥哥探測器」。

平時出門前我都會把劉海夾得像「新不了情」裡的袁詠儀一樣溫柔婉約,這該死的劉海偏愛在有可愛的男生出現的同時冷不防竄出來跟大家say hello!

那一條多出來的毛總是讓老娘覺得自己是半仙命。

瘋妹不喜不喜仆街

每次看「中國民間故事」或者是「戲說台灣」都會出現那種算命很不準的鳥半仙，所以老娘姑且不稱它為美人尖而改稱半仙毛。

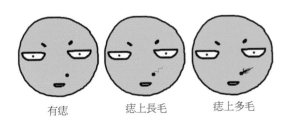

有痣　　　痣上長毛　　　痣上多毛

　　半仙分三種：有痣、痣上長毛跟痣上長一叢毛這三種。

　　我認為有這三階段的發展是依據半仙說謊的程度而定，說話越喇叭的越多毛。

　　天上掉下來的懲罰咩！

　　老娘現在已經步入第三階段，不過痣還沒長出來。

　　咦？怎麼順序顛倒過來？

　　那我現在即刻啟程請股市（人市？）分析師張國痣先生幫我分析一下。架架～～

4

我是不小心經過的咩～

我還記得～～那陣子最盛行的是鬥魚，後來變成電子雞，或者是兔子。

其實我這個人真的是悶騷在心底。

雖然我表面上裝作對任何事都不感興趣的樣子，可是我也偷偷的，不小心經過，無意的在魚店買了幾條小魚，不動聲色的養起來。

因為是偷養的，取名字自然也要低調一點，所以我管牠們叫「月霞」、「秋萍」、「金枝」跟「再添」。

但是，賣魚的老闆只給我一滴滴海苔屑，一下就吃完了（而且是我吃的）。

幸好過年都會有很多親戚送我們禮盒。
　　感人的是當時正好有人送高岡屋海苔，所以我每天都放一片蓋在水面上，想說這麼多一定夠牠們吃了，沒想到一兩天之後，月霞死了。

月霞～～你怎麼死得不明不白？!

好景不常。

接著，秋萍跟金枝也都莫名其妙的死了！

寶貝們，是我幫你們取的名字讓你們蒙羞嗎？這可是大時代

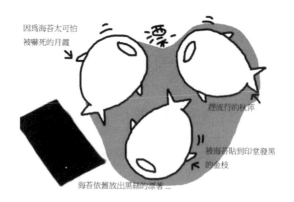

片名：一片海苔引起的魚心惶惶暴斃事件

因為海苔太可怕
被嚇死的月霞

趕流行的秋萍

被海苔貼到印堂發黑
的金枝

海苔依舊放出黑絲的漂著…

的兒女們必備的好名字呀！

　　無論如何，我一定要保住再添！

　　牠是我唯一的希望！

　　可是最小隻的牠，日漸憔悴，而且讓我發現一個很可怕的現象。

　　再添，再添在駝背！

　　再添啊～～我給了你一個這麼大的空間，又衣食無憂，為什麼你會駝背勒？

　　越駝越嚴重的再添過沒幾天之後也一命嗚呼了。

　　悲傷過度的我發誓再也不要養寵物了！生命真是太渺小了！

不能再添了…

最後遺言

你是魚，不是女王蜂呀呀呀呀呀呀…

當我上高中之後，某次又在無意間經過了魚店，我看到了一隻很可愛的烏龜，當下我就愛上牠了。

我知道我會跟牠處得很好，因為牠是那麼的強壯。

而且我知道，烏龜比魚長命很多很多，所以我歡天喜地的帶牠回家了，而且賜給牠一個雄壯的名字：大張強。

大張強

ㄉ
ㄚˋ
ㄓㄤ
ㄑㄧㄤˊ

濟公帽

菸酒不拒

大張強果然不負眾望，這次我不再低調的養牠了。

我把牠帶到學校參加運動會，每個人都愛不釋手。

我那好客的同學還餵了

牠幾口啤酒讓牠抽了幾口菸呢！

　　但過了幾天，我發現了一件可怕的事：大張強牠瞎了！
　　不～～好端端的為什麼會瞎了勒？
　　我看著牠緊閉著雙眼不發一語，心想：大張強你該不會是念念不忘菸、酒吧？所以絕食抗議嗎？

　　又過了一陣子，大張強一直不斷的萎縮，就在某一天，牠淹死了⋯⋯
　　大張強，我應該要先教你水母漂自救法的！
　　我把牠埋在我家的後院，希望牠好好的安息⋯⋯
　　所以我再也不養寵物了。
　　因為我命犯天煞孤星，注定要孤獨一生⋯⋯唉⋯⋯

今天洗碗的時候在窗台邊看到一隻蜜蜂，嚇得我倒退三步並想起了一件遊街示眾的往事……

從國小開始我就是一個見不得光的虛仔。

虛到一曬到陽光就流鼻血不止，流到「七龍珠」播完「神奇寶貝」上檔、「神奇寶貝」播完「海賊王」上檔、「海賊王」播完「網球王子」上檔我都還沒流完，每天的升旗幾乎都是在保健室裡。

也因為鼻血太多衛生紙供不應求。保健室阿姨從一開始的驚慌失措到後來的見怪不怪，每天看到我去報到之後就默默的遞給我一個杯子接鼻血。

小小年紀的我每天的早自修都是在默數自己的鼻血中度過。

所以我的願望就是升
旗。跟大家一起升旗。

好想升旗…
好想升旗…
好想升旗…

血還在流…

升上國中，生生不息泉湧的鼻血比較不敢囂張了。
　第一天上課，我開開心心的參加升
旗典禮。

喵的勒~

……媽呀，怎麼這麼熱啊～～
　我心裡正想著天氣真他媽的
熱、校長裹腳布的話好像永遠也說
不完，完了完了……
　我有預感鼻血要流下來了……

也太熱了吧~

……隔壁班有一個好漂亮的女生昏倒了耶。

我看著男老師勇壯的抱起癱軟的女學生就往樹下跑，心裡想著：「好心人，也順便救救我吧！」才想著，鼻血就快要突破重圍了……

……哇～～腳好麻呀！頭好昏啊！我也想要唯美的昏過去……快來人啊！誰快來接住我啊……

我的鼻血正滴在我嶄新的制服上。一滴……兩滴……我的手再也摀不住……

終於，我的衣服紅成一片……

可是還是沒有人注意到我。

……我不是要搶風頭啊……

快救救我啊……

X的哩，漂亮的你才救。老娘都快血盡人亡了……

啊啊啊啊啊啊啊啊啊……！！

顧不得演內心戲了。什麼唯美昏倒、什麼強壯臂彎……都拋在腦後了！

老娘現在滿心的甩手，想知道這股劇痛是哪來的！

好……好樣的！居然有一隻蜜蜂叮在我的右手中指上！

我倒抽一口冷氣，全校這麼多人你不叮。

老娘站在操場正中央又沒風又沒樹居然叮我！X的！

「同學你怎麼了？怎麼流這麼多血?!是蜜蜂叮的嗎？老師帶你去保健……」

＝＝用膝蓋想也知道蜜蜂怎麼可能造成大出血？

不過……

我……我終於成功的獲救了！喜極而泣……

護士阿姨幫我把刺拔出來之後將我的中指包得跟香腸一樣。

她叮囑我要把手抬得比心臟高。

「最重要的是，」她說：「你快去洗把臉吧。」

到了廁所，我差點沒被鏡子裡的我嚇死！

我剛剛是以這副鬼德行存在大家面前嗎?!

瘋妹不要不要什街

鏡子中的我：血跡從鼻孔蔓延到白色上衣，嘴唇有撕裂的皮，整張臉胡亂的指印+汗漬+血跡，凌亂的衣服跟包得像香腸的右手中指……

不知情的人還以為我剛殺過人或被人殺。

別說不知情的人，我自己看到這副尊容都想去警局自首了。

放學的時候還因為一直把中指高舉過心臟而被幾個機車鬼丟石頭。

哎～～實在不能怪他們，我自己看也覺得這就是一個千真萬確怨不了人的挑釁姿勢。

終於……衰尾道人頭上頂著一個大腫包回家了……

現在朋友們正在討論說要去哪裡跨年。

這幾年，我接觸了一些人情事故之後，發現到，跨年是年輕人最喜歡的活動之一，可是在激情背後跨年的意義是什麼？

上了大學以後，我的同學經常規劃一些跨年相關活動。

不過這三年（以及即將到來的第四年）跨年我都沒有很美好的回憶，所以我並不覺得跨年是多麼需要重視的一個節日。

大概就像是生日一樣的每過一年就覺得歲月催人老，恨不得拔起蛋糕上的蠟燭戳瞎自己的雙眼忘記這一切，可是瘋狂的大眾卻巴不得在擁擠的街頭一邊噴汗一邊跟世界宣稱「又一年了！又一年了！」每說一次都是重捶自己的胸膛一次啊！！

眾人皆醉我獨醒..

瘋妹不要不要什街

大一的時候因為宿舍有門禁所以只能在陰暗的宿舍倒數，買了很多飲料零食窩在床上等倒數。

　　10、9、8……天啊天啊，我的梅子綠茶因為氣氛太緊張所以軟腳從我的床邊自由落體到我的棉被上。

　　我慌了……7、6、5……我驚恐的埋頭猛擦……

　　4、3、2、1……我滿腦子都是我的棉被被螞蟻搬走的慘劇！

　　在慘叫聲中過了這一年。

大漢江，
我永遠效忠你!!

什麼東西呀!!

不要哇哇哇
哇哇哇哇哇!

一躍而下

　　大二的跨年原本要去電影院看「魔戒三」，可是某同學說他收到他表哥的e-mail說晚上7點HBO會播「魔戒二」完整版（當時的意思是剪掉的片段都會播出），所以看完剛好可以趕上倒數。

大家興高采烈的圍在小小的同學家看了三四個小時的「魔戒
二」……

漫長的片子一直到結束了出現感謝的字幕我們都沒有看到傳

不要讓咕嚕笑我們蠢..

親愛的
你們都被騙了喔~~

說中的被剪掉的片段，而且這部片子大家都看過兩遍以上。

怒氣沖天的大夥兒，你一言我一句的抱怨來埋怨去……

忽然，大家發現了不對勁。

把電視換到台視，赫然發現，在大家的謾罵聲中，電視的煙

火轉播已經播完了……

沈默的大家黯然的在心中倒數……卻整整遲了半個小時……又一年了……

大三……心灰意冷的我沒打算跨年，很冷靜的跟同學在家中看棒球賽。冷眼看著電視裡的明星穿著清涼勁歌熱舞，又看著101的燈一直閃，忽然發現……我變成了一個冷漠的人。

斜眼看著一切好像跟我沒有關係的喧譁……又安慰自己：「反正那些熱情的人群千里迢迢的奔到市政府彼此的汗你儂我儂，但在爆炸的『3、2、1、新年快樂』之後，還不是要趕著最後一班捷運，在火車站踐踏彼此的腳，推擠彼此的手臂，拉扯彼此的背包。」

那……剛剛那滿心喜悅的「HAPPY NEW YEAR」是為了彼此說的，還是為了跨年說的？

越想心情越輕鬆。
我就說嘛，只要有心在哪都可以跨年！

瘋妹不要不要仆街

自己在家裡畫一張「年」，再看準時機跳過去儼然不失為一種趣味。是吧？

蹬。

　　唉……又一年了……又要徘徊在跨年的十字路口上了……

瘋妹不喜不喜仆街

跨年夜，與狗對峙

　　不服氣的我們推開報告堆，在這累死人不償命的歹年尾還是決定去大吃大喝一頓！

　　騎車經過學校前面的時候看了看OK便利店的店員，一臉落寞。

　　我想他只能跟門口的蕭薔人形立牌說新年快樂吧！

　　今年還是沒有趕上倒數。

　　路上擁擠的人潮讓我們遲到了20分鐘，預定的位子早就被別人坐走了！

　　難道……我們就要在這吃到飽的門口黯然倒數嗎？

　　不～～！跟老闆周旋了好一陣子，終於在11：55分坐進餐廳。

　　大家決定先倒好飲料再從容倒數，反正今年多一秒嘛，根本不用擔心來不及。

乾杯!!

反正多一秒咩，幹嘛擔心～～

瘋妹不要不要仆街

不過，全餐廳的人好像都以為「有人」會先開始倒數，所以大家都沒有在注意時間。

　　終於，有一個男生忽然說：「我忍不住了！新年快樂啦！」就把手上的飲料往旁邊的人頭上倒！

　　大家才驚覺：「咦？什麼時候要倒數？」我低頭看看手錶：00：08……請問已經過了八分鐘了嗎？

咪的 ... 又錯過了是嗎 ??

　　大家一陣愣住……傻眼的老闆最先清醒。

　　他拿出大蠟燭把餐廳的燈都關了！很大聲的說：「那我們現在開始倒數10、9、8、7、6……3、2、1，Happy New Year！」

……大家沈默……老闆，意義何在？

吃到飽之後發現已經3
點多了！大家決定去買酒
續攤。

我強忍著想狂歡的心
情沈痛的告訴他們我要回
家趕報告，便一人獨自回
家……

老闆，我知道你的用心，但是
我並不想成為一個傻子啊！！

沒有想到醉漢也跨年。

我家樓下的PUB門口聚集了一二十個醉漢。

我嚇得倒退三步，我的媽呀！我即刻決定去朋友家避避先，
於是我撥打著電話，沒想到這時對面的醉漢發現了我對著我招招
手示意要我過去。

我佯裝沒有看到，沒想到他對著我步步逼近，嚇得我拔腿就
跑……！

我在朋友家附近的7-Eleven門口等著我那些買酒的朋友（還
順便打電話叫他們也買我的份），跟狗對峙。

敵動我動，敵不動我不動。

終於我抓到一個空檔，我趁牠不注意一個箭步跑開，牠馬上追上來！

大姐啊，大家同是天涯淪落人。我被醉漢嚇死了，連你也要苦苦相逼？？

於是我在這飽受折磨的開春第一天喝個爛醉！

這陣子我發現房間裡的東西經常不見。

最開始不見的都是些無關緊要的東西，所以不以為意，因為我篤信一個德哥告訴我的真理。

「只要不去找它，不久後它就會自己出現。」

小學每次月考完要把考卷拿回家給父母簽名交給老師，我都找不到我的考卷。

德哥就會叫我去玩幾場撲克牌，然後考卷就會奇蹟似的出現了。

雖然經常揣測是德哥偷藏起來的，可是還是覺得這個理論不錯。

直到我發現一個很重要的文件夾不見了才開始心慌慌意亂亂，而且還有一個剛買的很大盒的信封也不翼而飛，是很顯眼的大盒耶，不是我在吹噓。

我翻遍房間，翻箱倒櫃，能開的抽屜都不放過，連梳妝台底下都不放過，還用30公分的長尺去掃還是沒有找到。

我故意平心靜氣的等待幾天，還有意無意的在梳妝台前說：「哎唷～根本一點也不重要嘛～」

瘋妹不要不要做愛

文件夾跟信封還是不願意出來。

我不得不推測這個存在我房間的梳妝台究竟是一個怎麼樣的入口？究竟有著什麼樣的祕密？

原來文件夾跟厚信封們躲在夾縫中求生存：它們在抽屜與梳妝台中間那肉眼看不見的軌道盡頭裡呼天搶地。

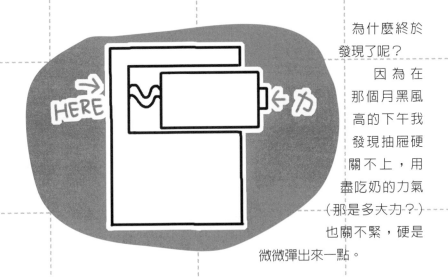

為什麼終於發現了呢？

因為在那個月黑風高的下午我發現抽屜硬關不上，用盡吃奶的力氣（那是多大力？）也關不緊，硬是微微彈出來一點。

我頓時心裡發毛，該不會像電影演的有屍塊藏在裡面吧？！

藏妹不要不要仆街

呀啊！！！

嗨，你好。
抽屜該清了，有點擠。

隔壁的小孩好久沒在我家門口騎腳踏車了……

我不得不猛力把抽屜拔起來。「阿堂（隔壁小孩的名字），你還活著嗎？」

然後……文件夾跟信封們就唏哩呼嚕滾下來了。

今天，阿堂依舊歡樂的在我家門口騎車，完全不知道姐姐為他急得魂飛魄散……

來追我呀……

哈
哈
哈
哈

熟睡，流口水ing⋯⋯

這是小學生該有的氛圍嗎??

國小的某段時間，班上的氣氛非常的陰森。

老師為了改善這惡劣的環境，忽然說就訂在某個星期六下午希望班上來進行一個同樂會。每個人要準備一份禮物來交換。

到了那一天，我跟徐娘要了一個很漂亮的胸針，超美的，美到我希望是我自己抽到那一個。

所以我把它包得很醜，希望沒有人要拿它。

叮叮噹噹的放學了，鬱悶的全班低低落落的坐在自己的位子上，感覺上根本不是同樂會，好像是月考之後的秋後算

帳，只剩下老師一個人貼著紙圈做的彩帶，跳上跳下的佈置教室。

哄鬧聲的爆發是在送麥當勞的先生用餐車推來30幾份的兒童餐進來之後。老師用3000塊換來大家燦爛的笑容。

終於，同樂會開始了。

呼...小孩真難取悅..

麥當勞前

麥當勞後

不管是吹麵粉、比腕力、比手畫腳、扔水球、踩氣球，大家瘋得不亦樂乎，一直到訓導主任上來拍桌子，教訓大家叫大家趕快回家。

無可奈何的老師說進行最後的遊戲：交換禮物。

每個人去抽一個號碼，再去領那個號碼的同學的禮物。

我的眼睛一直盯著我的禮物，它一直沒有被拿走，這讓我覺得很欣慰。

終於輪到我抽了，我拿到了禮物，拆開來之後……我的嘴巴

瘋妹不要不要仆街

張得跟包龍星一樣大！這是什麼……？

啪！
捲。

一支魔術捲尺？？（打一下手腕會捲起來的那一種，很久很久以前流行過的）。

當然，我還是很開心的打了我的手腕。

咦……？沒想到魔術捲尺脫漆得太嚴重我馬上脫皮……媽呀！痛死我了！這是陷阱嗎？

抬頭一看，我……我的禮物居然被我最討厭的同學拿去了～～

老師為了彌補我內心的傷痕，讓我再抽了一個。

很好，我看到一個很大的盒子。

某處爆出了歡欣的笑聲，我上揚的嘴角隨著盒子的拆開而逐漸下降……這……這是《聖經》嗎……？

上面寫了「超　精細聖經　精美圖解版」。《聖經》的上面

貼了一張紙條，上面明明白白寫著：「願主保佑你。」

　　我無力的抬起頭，正好跟班上曾經進過感化院的同學對眼，他頂著大光頭傻傻的對著我笑。

　　這位兄弟，你是來救贖我的嗎？

　　我看著手上的魔術捲尺、懷中的《聖經》，再看看離我遠去的美麗胸針。

　　我討厭的女生正戴著它像交際花一樣的穿梭在人群中。

　　喔～不！天堂正離我遠去……

　　這真是童年最恐懼的回憶之一，說著說著又反胃起來……

癲妹不香不香仆街

那一盞青光 喔咿 ⑩

咚……

　　鬼門又開了，這
次還一次開兩個
月……

　　　那我就應
應景說個鬼故
事好了……

　　　小學六年級
的畢業旅行，老師跟
夏令營的大哥大姐們合作帶
我們到山區的一處度假休閒區遊玩兩天
一夜，難得出遠門的我真的是無比歡欣。

　　媽媽說要帶手電筒、神明卡跟佛珠。我的背包卻塞滿了脆笛
酥、遊戲卡、彈珠跟香水粒。

　　遊覽車轉了一個又一個彎，想不到到達目的地已經是傍晚

瘋妹不愛不愛仆街

了。

　　我感覺很不對勁，肚子好痛……

　　難不成是胖子那包魷魚有問題？我就知道他的口水不乾淨……

　　哎唷好痛……真的好痛，我快痛死了，該不會要生了吧？果然，吃到口水就會懷孕不是騙人的……

　　這下好了，一瞬間我變成了風雲人物。

　　大家都想擠過來看這位肚子痛到可以出國比賽的同學，連主任跟老師們也都過來看個仔細。我好像珍奇動物館裡的蝙蝠……

　　旁邊幾個同學不知道是太愛我感同身受還是以為肚子痛就可以紅，紛紛也嚷著肚子痛。

　　ㄟ，你們不要搶走我的關愛呀！我一輩子就風光這一次耶！

　　那邊那個第一名，你獎狀拿得還不夠多呀！

　　我已經痛到在地上滾了，大家眼見苗頭不對，初步推斷我中邪。

　　老師們開始蒐集同學身

上的護身符掛到我身上，並且挑選出幾位身強體壯的勇士……呃，是英勇的男同學圍在我身邊。

但是情況一點都沒有好轉。

最後，教務主任出現了……

他萬分慎重的拿出一只布包，小心翼翼的打開。

瞬間，金光閃閃瑞氣千條（布袋戲的先借來用），原來是純金打造迷你佛祖金身。主任呀主任，果然是有備而來。

金身一掛上身，我抖得更厲害。

主任又進一步推斷因為佛祖正在壓制我身體裡的惡魔所以這是身體的反彈，其實我是因為這麼貴重的東西掛在我身上，要是掉了幾條命都不夠賠才嚇得皮皮剉。

這樣一鬧就鬧到了晚上，不知不覺老師跟大哥大姐們已經準備好營火晚會了。

老師一個吆喝，大家就圍了過去，連我身邊的勇士們都跑得一個不剩，悽悽慘慘戚戚——

糟了，在這麼窘迫的時刻，我的淚水——不，是鼻血，

瘋妹不要不要仆街

又不爭氣的流下來了……

　　老師無暇管我，只隨意交代一位同學陪我回房間休息，我的肉啊！——

　　我消沈的走進昏暗的長廊。

　　大家都在happy，就我一個人待在房間多無聊……

　　我跟同學一起走到大通舖房間前。

　　我流淚了，為什麼會流淚？是洋蔥……不是，是青光。

　　門上的小玻璃窗映射出青光——

　　是誰？是誰在裡面？

　　我同學頃刻腳軟在旁邊，我也抖得厲害……

　　不知道過了多久。我終於鼓起勇氣，抱著看完就腳底抹油逃走的決心緩緩的朝房間裡看……

　　啊！

　　那個果然是……

　　捕蚊燈。

下雨天世界很容易失控。

很容易剛好穿到新衣服、很容易穿到唯一破洞的鞋、很容易拿錯雨傘、很容易發生愛情故事。

還很容易遭到報應。

第一次徹底感到失控是在某次大雨天匆忙趕去上課，把傘像擋手榴彈般的斜撐著，很斜。

在靠近學校圍牆的某地方，忽然像輪胎陷進泥濘般無法前進，眼睛看著雙腳，左腳右腳還是很和諧的交錯著，可是就是沒有前進的跡象。

甚至，甚至我的呼吸
越來越困難……

　　這就是傳說已久
的鬼打牆嗎?!

　　我甩開傘，揮舞
著雙手，喉嚨沒有辦
法發出聲音。

　　我試圖用心電感應呼
叫離我遠去的同伴們……越
來越痛苦，臉都綠了。

　　終於有人發現我沒有
跟上，回頭看了我一
眼，我的眼神充滿痛
苦。

　　同伴們跑向我，
大喊:「你……你白痴
啊!居然會被小販綁在
電線杆上固定雨傘的繩索
勒住，真是要命的笨耶!快走

啦，不要丟人現眼，居然還在演內心戲。蠢死了……」

但是失控並沒有結束，在多年以後的現在還是照樣發生，而且情節一樣慘重。

大風大雨的某天，我在我家附近新蓋的住宅區前頭的樣品屋前等著公車，樣品屋佔地很寬，但是屋子很迷你，所以有著極廣的空地，招搖的豎立幾支宣傳大旗幟。

旗幟緊挨著公車站牌，這時候雨停了，風也停了。

我想趁機整理一下狼狽的儀容，所以稍稍的

……真的是稍稍的退後了一點，退到了站牌斜後邊。

誰知道大風一個回馬槍，旗幟倏地掃回來呼了我一掌，賞我個痛快！

他奶奶的熊，超‧級‧痛‧！

我那仰天長嘯的「哎唷！」以及倒退三步眼鏡歪在臉上的醜

瘋妹不要不要代售

態活生生被紅燈換綠燈的奔放的機車騎士們撞見。

下雨天有多容易失控？

糗到想死。

瘋妹不要不要仆街

型態：忠厚老實型

您真內行！

做女當啦~

颱風來的前一天，我阿姨的女兒要跟一個長得很像王中平的男子訂婚。

徐娘叫我去幫忙，吃。
我也樂不可支的吃。
沒想到，在暗暗中，有一雙眼睛正直勾勾的盯著我看……

表姐……
我好意參加你的訂婚宴。
竹筍沒有竹筍味；
蝦子沒有蝦子味；

呼～

我吃太多嗎?

冷汗

生魚片是熟的;
佛跳牆裡面都是栗子;
服務生很胖;
這些我都不跟你計較。

　　但是,

　　小阿姨可不可以不要
在台上唱歌的時候突然指
著我很大聲的說。

　　「啊……你不會用筷
子喔?」

……= =這個我隱藏了20年的祕密就在今刻

毀·於·一·旦

Sorry,我錯了!

現行犯

原來你不
會用筷子!

藏妹不要不要仆街

小黑的復仇  ⑬

　　一切都怪我平常太肆無忌憚的把玩我室友那高大帥氣的工具用剪刀：小黑。

　　什麼都拿來亂剪。

　　小黑剪過鐵絲、不織布、雙面膠、泡棉、厚紙板、珍珠板、瓦楞紙……傷痕累累，不敷使用……

　　這天老娘想吃泡麵，拿小黑來剪油包。

　　沒想到小黑的刀刃部分早已被殘留的雙面膠黏住了，拔不開。

　　我仗著自己是大力士，硬拔。

　　小黑看準時機伺機而動，猛然反擊，狠狠的剪了我的嘴巴一下！

剪。

痛。

真的是徹底給了老娘一個血流如注的大教訓！

要好好的愛惜文具。

它們是有靈魂的！

PS、 鮮蝦味的泡麵一瞬間變成
鮮血味的泡麵……後勁真強！

喔喔 **14**

去買早餐忽然發現樓下人行道旁水溝蓋黑黑的一坨東西。

走近一看，是隻長23公分、寬7.5公分，比一般厚兩倍的襪子。——!!

不會吧?! 不會是我的吧?

大家都知道我愛穿隱形襪，而且是加厚型隱形襪，……該不會是我的吧?!

不可能，我住在8樓耶!!

不，這沒可能！我絕不承認！

瘋妹不要不要外傳

但……要是有人目擊一隻隱形襪從天而降，甚至猜到那隻襪子是我的……

要是我不承認，檢察官一定會叫我拿出一雙完整的襪子來證明我的清白……

我又拿不出來……

我親眼看到她襪子掉下來！

也許我就會因為說謊入獄，在監獄度過我的餘生。

終日被監獄裡的大姐大們

圍毆、被拖鞋打、被扯頭髮、被逼吸毒……

真是人生的汙點啊！！

我的一生就快被一隻隱形襪給毀了啊！

要是……要是有死刑犯愛上我怎麼辦？？

「咦，這不是你的襪子嗎？」
不 !! 這不是我的 !! 別賴給我 !!
「喔，對耶。昨天晾衣服掉下來了，忘記撿了！」
胡說胡說！我昨天哪有洗襪子！……
咦？是旁邊那兩小子在說話呀！
原來真的不是我的襪子啊！

……呼
我的人生，獲得救贖了……

瘋妹不要不要仆街

其實我是士林之狼～～ki ki ki

15 關於拜拜這件苦差事

前面有廟！
大家上!!

廟

滾廟不生苔

我掩護你們…

閃光彈

大王這幾年積極的帶我們去拜拜。

不管大廟小廟，人多的就是好廟；不管大神小神，顯靈的就是好神。

拜越多越虔誠，有拜有保佑。

所以這幾年我跟大王為求周全，南征北討各大小廟宇，卻讓我摸不透一些事情。

大王常說，只要拿出自己最喜歡的東西來拜神就最有誠意。

那我為什麼不能拜冰淇淋？

我爺常說，拜拜要先倒三杯酒再倒三杯茶。

那我為什麼不能倒可口可樂？

徐娘說，女生月經來不能去拜拜，因為身體比較髒。

神明也性別歧視嗎？

所以放眼望去，供桌上大家都只放豬肉一圈、橘子三個、蘋果三個、裹滿鹽巴的綁繩雞跟旺旺仙貝。

只有一份還好，偏偏來拜拜的幾百個、幾千個人通通都一樣的。

如果每天在我面前插滿香，嗆都嗆死了，臉都燻黑了，還要吃幾百份幾千份一樣的貢品，就算我是神明我也不開心。

膩死了...

我爺那一代的很講究拜拜的時辰，他常說要在7點到12點之間拜完。

結果大家都一窩蜂趕在這時候去拜拜，人山人海。

過年咩，大家難免穿新衣戴新帽，總是小心翼翼眼觀四面耳聽八方深怕一個不小心自己就萬香穿心。

燙死自己不打緊，要是貂皮大衣給燒穿了幾個洞那可就捶心肝了。

今年燒金紙的時候，因為很早去所以人很少，我們霸佔了金爐。

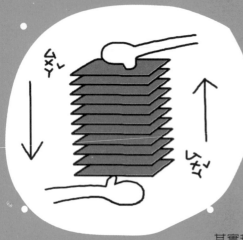

大王看著旺翻天的爐火，又看了我們滿手抓的金紙，就折了折手中的一疊金紙，放在金爐口，沒想到居然產生了賭神洗牌的奇蹟！

金紙安安分分的一張一張飛進爐火中。

神蹟呀！

其實拜拜這件事早就被扭曲了。

大家趕場似的拜拜，常常「不問何神，低頭便拜，拜完閃人，直奔下廟」。

又不是紅包場，跑多了就會賺大錢。

史蒂芬周說：「只要有心，人人都可以成為食神。」

萬萬沒錯，只要有心。大家就是少了虔誠的心嘛～

～老師跟你說過多少次，拜拜要整箱國農拿去拜，你有沒有聽老師的話你沒有嘛！

老師有沒有說過，神明也看電視，電視廣告什麼你就買什麼去拜。

廣告說，有氣才會旺，你自己檢討一下有沒有買汽水？你一圈豬肉六顆水果就想討神明歡心，這是因小失大呀。

老師有沒有跟你說絕對不要這樣做？有嘛～你有沒有在聽你沒有嘛！

現在好了，大家都拜一樣的，神明怎麼會讓你雀屏中選賺大錢呢？不可能嘛～～～

瘋妹不靠不靠什街

我今年也是跟屁蟲似的跟在大王後面狂拜，根本不知道誰是誰。

終於某次，我敵不過良心的建議偷偷的抬起頭來看一下，喔～～原來我拜的眾神裡面有一尊觀音呀！

我想，這麼糊塗的拜法，要是面前放一顆石頭大家也是照樣給它拜下去。

了然啊！

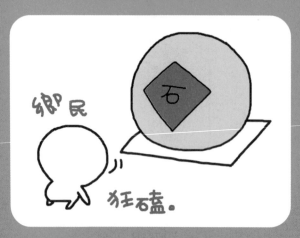

鄉民

狂磕。

石

這幾年大家沒事做硬要找事做，百貨公司頂樓撒紅包大家去搶、大賣場蘋果一顆一元大家也去搶、服飾店年終特賣大家也去搶、大明星開演唱會賣票大家也去熬夜排隊搶。

這下好了，連拜拜頭香也要搶。

這次搶斷腿，下次呢？

拜拜本是一種「發自內心」的群聚活動，是因為大家對神明

瘋妹不要不要仆街

懷有感謝之意而以崇敬的心去感謝祂一年來的照顧，而不是研發到現在大家去跟神明攀關係搏感情。

每次去拜拜都會聽見人家說：「要是我兒子考上研究所，我就殺一頭豬謝你！」

＝＝神明要豬祂自己就可以變出來了，要你雞婆？

拜拜是求心安，你們別以為神明黑香燻頭祂就會利欲薰心。

不可能，省省吧。

大家越插越多香，有人還用丟的。

你們說，這樣當然會失火。

別還滿心歡喜的以為是神明賜你發爐，祂是要告誡你們小心火燭，免得明天讓祂無家可歸。

你看祂多用心良苦，所以我說你們這些無知小民要多讀點書。神明神通廣大不需要你插這麼多支香來表達你的特別：特別無知。

常常也嘛是我們這頭插香，那頭拔香杯杯就戴墨綠色手套全拔走了，椅子都還沒坐熱呢！

拜拜自然是要添香油錢了，那一大箱透明捐獻箱裡有一大堆的小朋友……

咦，赫然發現裡面有一個紅包，上面寫著：「杜XX代兒捐獻，求考試好彩頭。」

＝＝得了吧你，這不叫捐獻，叫賄賂。神明半夜會去踹你屁股。

拜拜呀，虔誠最重要，別再弄些花花綠綠的招式了，安安分分的認真過日子卡要緊！

（咦～～不知道神明喜不喜歡跳舞機，下次搞一台帶去！）

16 風吹著空轉的台北街頭

很久以前就決定了這天要到台北考試。

路線也很早就決定了先搭電車到台北車站轉淡水線到中山站再拐彎到考試地點。

地圖上的距離總是那麼的誘人的短。

但是某幾次的真實體驗之後領悟了地圖都是騙人的，真實的世界就是走到死。

沒想到這次真的是他媽的短。

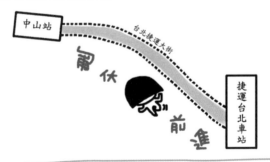

中山站

台北捷運大街

捷運台北車站

罷休 前進

我早到了一個小時，簡直用爬的也可以提早到考場。

於是我臨時改變了行進計畫，我決定慢慢的，徒步走過捷運中山大街。

早上9點18分。
用很不平靜的心情走這條從中山大街出口延伸至考場的悠閒的大街。

好鄉民。

很像路過進來湊熱鬧的，

我被拉到畫面外，好像看著牆上流動的畫，事不關己的從另外的時空穿過相同一條街。

考場外站立著互相打量的考生們。

滿滿的、很豔的、窄裙女人們正暗地互相比較，很巧妙的掠過對手的腮紅、上衣第一顆釦子的高度、裙子與膝蓋的親疏、絲襪反光的程度，還有鞋跟長短。

唯一被放過的是我，因為我的穿著很像一個剛經過、無所事事的鄉民。

可是我沒有放過她們。哈。

考試時間名義上有70分鐘，但實際能夠動筆的時間只有7+7+5+7=26分鐘而已。好急的考試啊，急轉彎這麼急。
就算用一萬日圓過生活的烤箱也沒烤這麼快！
所以一轉眼就考完了。
考場離阿抓的公司很近，只是從中山北路二段走到中山北路三段這麼近。
機車，二段它真的不是普通的長，長壽麵這麼長。

阿抓帶我去吃小巷子裡好吃的姑嫂麵，但是不要奢望在姑嫂麵裡找到姑姑跟嫂嫂，只有一個慢郎中老闆娘。
老闆娘彷彿主演了三個小時的長片，
然後用慢動作播放般的汗流浹背。
整個人馬不停蹄的轉來轉去，任何動作都如此的確實帶勁，

瘋妹不要不要什街

好忙好忙...

毫無成果..　　空無一物..

可是半天也生不出東西。

　我好像看見一個胖女人滿頭大汗踩健身車卻看不見騎了幾公里的白忙一場。

　吃飽跑到有冷氣的麥當勞坐，卻意外發現整個麥當勞都被擁有奇異動物叫聲的、以批計算的高中生包圍了。

　讓我想起好幾年前大王開車載我們到還是野生動物園的六福村的恐怖惡夢：車子一開進園區猴子們就殺上來摳著窗戶吊著照後鏡甩啊甩的還大便在擋風玻璃上。

　光是我們隔壁桌的四個女生就能發出混合著鱷魚跟貓頭鷹的高分貝尖銳叫聲，而且她們毫不害臊的在麥當勞大口吃著羹麵。

下午1點45分。

用很悠哉的心情走這條通往中山大街on air的大街。

我變成遊魂，所有人視若無睹穿越過我。

我好像站在額外冒出來的空間觀賞這人聲車聲甚至呼吸都被煙幕吸收的寂靜城市。

上了電車，前一個人剛下車的位子嘟嘟好的凹陷正熱呼呼的包覆住我的屁股，好奇異的質感。

正想著挪動屁股移動到比較涼爽自由的空間時，一對老夫婦說時遲那時快的「呼～」一聲坐下，又把我擠回那溫熱的小坑洞。

噁。

「多喝水」這種瓶蓋上覆膜的設計真的是害苦了老夫婦們，眼睜睜的看著不管多大力也扭不開的瓶蓋。

我心一緊，右手悄悄的伸過去，助了他們一臂之力。

在接受感謝的同時，神不知鬼不覺的拿回覆膜，塞在鉛筆盒裡剛剛好頂住那枝沒蓋子又愛漏水的0.5鋼珠筆。

一兼二顧。

心滿意足的回家了。

17 牛油與青蛙

水花 ↗

有一天，瘋妹栽進一桶不知名液體當中，驚慌失措。

幸好她很快的就冷靜下來恢復了理智，她想起了司馬光……

那裡有缸子？

她想：要是這個時候司馬光現身打破缸子，那我不就死裡逃生了嗎？

越想越高興，掏出手機正準備打給司馬光……

我靠！司馬光作古多久了，

瘋妹不要不要外街

鬼知道他的電話號碼……

好……現在平心靜氣……
果然是天無絕人之路。
瘋妹又想到一個故事。

這是關於牛油與青蛙的故事……

有兩隻青蛙不小心掉進一桶牛油
裡。兩蛙拚命往上游……

最後甲青蛙體力用盡絕望放
棄，終致慢慢沈入桶底溺
斃。

乙青蛙不屈不撓，結果
牛油經過攪拌逐漸凝固，乙青蛙靠著變
硬的牛油逃出生天，重見天日。

瘋妹心想：好加在小時候讀過這麼多勵志故事，真的是太黯
然、太銷魂了！
好吧！
雖然不知道是什麼液體，

但現在要做的就是不斷的划、叩起來划，如果這是牛油那我就賺到了！

划著划著……

再拚命的划著划著……
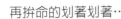

痴妹不要不要外街

哇嗚～～這桶液體真的越來越硬了！

呃……好像太硬了……

原來它是口香糖。

最後，瘋妹還是重見天日了。

她被抬到附近的雕塑公園，並且成為石膏像們的一員……

錦囊妙瘡

自從我跟從許純美學佛之後，阿美姐曾交給我一個錦囊，叫我在危急的時候打開來，裡面會有解決的方法。

她也有一個，不過被她日前拿出來用了。

師父有說過：不到最後關頭絕不打開錦囊，否則，元氣大傷⋯⋯

怪不得我看阿美姐一瞬間人老珠黃，原來是沒事開錦囊，萬萬想不到她居然從錦囊裡拿出一個小男人來，還使出金蛇纏絲手來保養小男人的喉嚨⋯⋯又摟又抱又炫耀，當真老得快。

終於在今天，我遇到了人生中最大的難題：要我在部落格露臉是吧？

⋯⋯我決定拿出珍藏已久的無敵錦囊一決勝負。

我小心翼翼的打開錦囊，心中盤算著：等下會是誰跳出來

瘋妹不要不要仆街

呢？

　　是周星馳還是Rain呢？要是都跳出來我該選哪一個呢？

　　要不要先探口紅呢？還是先鋪一下床？

　　……吼，真煩。

　　好不容易解開束帶。

我定睛一瞧……

什麼？! 這是什麼
東東？

痣？! 這居
然是一顆如假包
換的痣？!

這……這該

怎麼使用呢？

我翻來翻去就是沒有看到說明書……

悶哪……

隨意的黏在臉上，忽然——咻～～
～

（觀世音上身）：「你要普渡眾生

就要先以身作則呀！要讓大家知道你是真正的正義使者就要以真面目示人呀！不要抗拒現身之後觀眾的反應，這些都是你的必經之路啊！」

我：「難道我真的要將我苦心經營的神祕感全賭下去嗎？」說著說著淚流滿面。

痣兒順著淚水滑落鼻間……

（蔡琴上身）：「是誰——在敲打我窗～～是誰——又撥動琴弦～～那一段——最美麗的時光～～妹兒啊，長相並不重要，我也是用歌聲來征服觀眾的啊，實力最重要——」

我：「我……我沒辦法將歌聲上傳呐……」

悲從中來，再度淚如雨下。

痣兒隨波逐流漂到了嘴邊……

（瑪麗蓮夢露上身）：「北鼻，多好的青春芳華？不露

癡妹不要不要什麼

白不露。你看，天下男人都拜倒在我的裙下。來吧，勇敢的脫吧，有我的加持，你必將成為新一代的性感教主！來～～我傳授給你我最美麗的白色前開超低叉連身洋裝，穿上它去風靡萬千少男吧！」

我：「（穿上）我想——我會比較適合去當健身教練潘弱迪……」

黯然神傷，涕泣如雨下。
痣兒即刻被沖到下巴……

（陳文茜上身）：「我身為最美麗的資深名嘴。看盡人生，出盡風頭。我全裸的身材還比不上我這張嘴性感呢！聽我的話，繼續打嘴炮就好。」

我：「（感同身受）嗯！我也覺得我嘴巴性感多了！」

得到如此激勵，我擦乾眼淚、抹去鼻涕。

痣兒被甩到臉頰上……

瘋妹不香不香仆街

（楊丞琳上身）：「這年頭不清不楚最引人遐想，不然我是怎麼坐上可愛教主的寶座呢？!所以鬍子不要刮、頭髮不要剪、裸體不露臉、露臉不裸體。ㄎㄜˋ以嗎？ㄎㄜˋ以嗎？ㄎㄜˋ～～以～～嗎～～？」

　　我：「那……折衷好了！與其在要露跟不要露間徘徊，現身不現身間苦惱，那我就露出從來沒有露過的地方給大家看好了！果然是錦囊妙痣！」

　　於是，我露出了……

　　我的脖子。

　　大家最想看的不就是我的脖子嗎？

　　透過這張照片，可以看出我的脖子有多麼的堅硬。

　　它可以承受200公斤的肥婆、可以折彎鐵條、可以移動卡車、可以磨刀……真不是蓋的。

瘋妹不要不要仆街

別了，我的藍色剝殼重點筆

今天，從高二陪伴我到大四，那枝只畫重點中的重點的藍色剝殼重點筆終於洗盡鉛華功成身退了。

這漫長的六年之路你陪著我過關斬將，教科書來一本殺一本，來兩本殺一雙。

從六年前在金石堂看到你優雅的身段、憂鬱的神色，我就對你一見鍾情再見傾心。

為了表示對你的寵愛我還犧牲了我的膠囊

借問一下，
什麼叫做重點中的重點？

就是教科書裡印刷的錯字。

鏟奸除惡筆

圖案OK繃貼紙為你量身打造了一個筆蓋。

你能文能武，線條剛柔並濟，色調穠纖合度，用過的人讚不絕口。

瘋妹不要不要仆街

經過了六年的洗禮，你也只剩內褲還沒脫了。

就‧在‧今‧天！！

我發現你已經不敷使用了。

我驚恐萬分，我們六年的情誼就要在今天畫下句點了，淒淒慘慘戚戚⋯⋯

你走了以後我會再買一枝跟你一模一樣的筆來觸景傷情。（你的表哥？堂弟？）

我會依你的心願火葬，骨灰撒落大海，遺愛人間。

誰的骨灰這麼多？

我的愛筆..

嗚呼哀哉　尚饗！

瘋妹不要不要仆街

20 一路向北

週三，我應朋友之邀，隻身前往台北。

當我搭上9：36的電車的那一刻，我發現我有一件萬分重要的事居然沒有去做！

A）買暈車藥。

B）買乖乖。

（踢飛）我居然忘記買保險了！！

保險要多少？

就來兩粒吧

在這個鐵路怪客當道的時候，我居然忘記了！我應該要投保千萬的！

謎之聲：「死有輕如鴻毛、重如泰山。」

瘋妹不要不要仆街

我不想當紅毛呀！

紅毛猩猩：「你歧視我？」

因為太害怕，所以上車後先不經意的觀察左邊跟右邊。

嗯，很好，這班車人不多，雖然很想睡可是又擔心怪客現身，硬是強睜著雙眼。

咪的！吱，你歧視我？

根據一份可靠的研究報告指出：火車上的人除了睡覺以外大多都在左顧右盼，因為除了左顧右盼之外也沒有其他事可做。

既然我不睡覺，那我就左顧右盼一下吧。（明明就躍躍欲試。）

這班車人真的不多，很少往台北的車這麼冷清……

該不會真的有鐵路怪客吧！（驚）

大家幾乎都是一坐下來就睡覺，真

金！

2cm 厚切！

猛捏

嗰

嗰

的很有默契。

只有我左邊左邊的女生在吃早餐。

到了桃園站，忽然一群人湧上來。

有個越南新娘帶著個孩子上車，左邊左邊那個女生馬上站起來讓給他們坐。

想不到……好一個越南新娘呀，你別敬酒不吃吃罰酒。她居然拒絕了那個位子，還說：「這麼小怎麼坐啊！」

女生好尷尬，馬上衝下車……

又一個好孩子消失了，她以後再也不會讓位了。

當我心裡正惋惜著那女生，馬上就有銳利的眼光投

藐視老娘的愛心…

甩。

奔。

瘋妹不要不要小冊

向我。

我與他對眼，是一個不老的阿北。

他的眼神暗示我該讓位給他。

阿北，你看起來很年輕耶！

真的是阿北嗎？我以為你只有三十幾耶！

我用眼神告訴他他不老，別肖想我的座位。

老娘可是要坐到松山耶，這個位子對我很重要！

他的眼神帶著殺氣，彷彿我不讓座就天打雷劈。

這傢伙的演技居然如此精湛，剛才一瞬間我還真的以為，他是來真的。

我們用眼神對抗了一陣子。

我這一咪咪的小眼果真不敵他，情勢所逼。我軟腳的站起來，彷彿瞥見身旁的小姐肩膀抖動了一下。

喔～～原來如此……怪不得你們大家一上車就裝睡。

好，算你狠。

不老阿北一屁股坐下，鶯歌站到了。

阿北又咻的站起來，下車了。

＝＝ 阿北，你不需要為了一站用眼神跟我幹架吧？搞了這麼久這位子還不是我的？

樹林站上來一個鬼鬼祟祟的阿北，他找到我對面靠門的位子坐下來。

他好像很怕大家注意到他買了六杯奶茶，左顧右盼之後拚命塞進他那不大的背包裡。

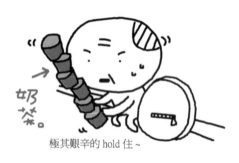

奶茶。

極其艱辛的 hold 住～

阿北呀，沒有人會注意你買了幾杯奶茶。

不過美而美的真的沒有很好喝，下次可以買別家的。

樹林站之後火車就擠滿了人。

我的眼睛不會轉彎，不得不中止我左顧右盼的行為，不過我

又豁然開朗，原來人真的會因為太注意遠方而忘記身邊等待的人。

我身旁就穩穩坐了個阿婆。阿婆很老，應該七八十了，穿著古典的旗袍，挽著頭髮。

她坐椅子先小心翼翼的坐前三分之一，發現真的沒有人要跟她搶之後才安心的佔據整個位子。

我會發現她不是因為她老，也不是因為她的服裝或她的行為，而是：阿婆活生生就是剛從衣櫃裡走出來的吊著衣服的衣架子，又瘦又滿是樟腦味。

我整個鼻子都快歪了，連忙轉頭朝另一個方向大口呼吸。

萬萬想不到，這又是另一個危機。

左邊的大娘不停的在眼窩塗上綠油精。

大娘，你不怕眼睛瞎我不管你，可是，可以留給旁人一條生路嗎？

頓時我明白：這世上的一切，都是為了將你趕盡殺絕。

這兩股威力一左一右的夾

啊...有光...

婆婆...
謝謝你的湯...

擠到面黃肌瘦：

瘋妹不要不要仆街

擊著我。我快變成鴻毛了⋯⋯

　　終於，垂垂死矣間，台北站到了。
　　到了台北站，車上的人好像嘔吐物一般全湧下車了。
　　我還活著，真好。
　　我勉強打起精神，呼⋯⋯還有一站，車廂裡咻的只剩小貓兩
三隻。
　　我點了一會兒眼藥水打理一下。
　　松山站到了，我終於離開了鐵路怪客的魔掌。
　　劫後餘生。

21 電腦店不修電腦，
難道賣牛肉麵

淑芳 →

長的好像胃袋？

我黑，但我貞節。

我的電腦淑芳壞了好幾天。

老娘小心翼翼的把她搬到我家樓下的電腦店修理。

請問有什麼問題嗎？

我捍著吃麵⋯

撞

那個⋯

老闆：「請問有什麼問題嗎？」

瘋妹不要不要小街

我：「那個……我想要重灌，因為我自己重灌偵測不到鍵盤跟滑鼠。還有……（被打斷）」

老闆：「好！一切我都會幫你考慮。」

好！一切我都會幫你考慮。

好餓好餓

那個…我想要重灌，因為我自己重灌偵測不到鍵盤跟滑鼠。還有…

我：「(OS：你考慮什麼啊！你知道老娘壞的是啥嗎？)……那個……我是想要問視窗LAG的問題還有防毒到期卻無法重灌……（再度被打斷）」

老闆：「好，我會考慮進去。」

瘋妹不垂不垂仆街

我：「（OS：考慮？是我的電腦還是你的啊！你跟淑芳很熟嗎？）……那個……我想要灌XP的可以嗎？」

瘋妹不要不要仆街

老闆：「好，我會幫你衡量。」

我：「星期天可以修好嗎？」

老闆：「好，我會再跟你聯絡。」

老闆匆匆把我打發走之後就去吃他的牛肉麵了。

到了約定的星期天，我打電話問老闆可以拿了嗎？

老闆：「那個，我沒有辦法幫你重灌耶！因為我偵測不到滑鼠跟鍵盤（慌）。」

我：「對啊，我就是跟你說我也偵測不到所以才想請你幫我重灌。」

老闆：「這……我也不知道該怎麼辦。」

我：「那……主機板有壞掉嗎？」

老闆：「我看過了，沒有壞掉。」

我：「那……那視窗變很慢還有LAG是怎麼樣的問題？我中毒了嗎？」

老闆：「這我也不能確定耶！應該是……」

宅妹不宅不需外街

我：「(OS：該不會什麼都沒有修吧！) 那……所以你是沒有幫我重灌了是嗎？」

　　老闆：「對啊，因為我不確定是什麼原因所以也不知道該怎麼辦！」

　　我：「(OS：該著急的是老娘吧！你幹嘛一副受了委屈的樣子啊?! 你偵測不到難道我還要向你道歉嗎？只顧著吃牛肉麵，害老娘浪費這兩天！) ……那我可以去搬了嗎？」

　　老闆：「可以啊，你還是可以用。我沒有更換你的作業系統，原先的東西都還在。」

　　我：「(OS：是呀是呀，只是多了兩天的灰塵。) 那……我應該要給你多少錢？」

我也不知道該怎麼辦

媽的，誰才是苦主啊!!

　　老闆：「喔喔～～不用錢。我沒有幫上你的忙所以不用收錢。」

　　我：「(OS：敢跟老娘收錢就砸了你的店！) ……那我要下去搬了。」

　　結果我的淑芳好像只是去托兒所住了兩天。

22 # 男朋友真的好難當

　　我親愛的室友明天生日，為了迎接她在大學最後一個生日，我決定規劃一個轟轟烈烈的出遊日。

　　我觀察了很久，我這室友不但熱愛非優質偶像劇，而且深深的入戲在其中。

　　這次，她的男主角是江直樹。

　　由於她常常怨嘆自己交不到男朋友，懷春之心十分明顯，所以我計畫了一系列根據「男朋友必經約會行程統計數字」中的行程。

　　但基於經費的問題，所以我要自己下海擔任這次由我命名為「與江直樹約會計畫」的男主角。

瘋妹不要不要仆街

我準備帶她去做頭髮（經費不足縮減為單日造型），

→買花送她（經費不足縮減為一朵），

→看電影（經費不足只能吃爆米花配可樂），

→逛街（經費不足只出兩隻腳），

這些行程可是由統計數字中精選出來的！

結果……剛剛發現我沒車！
嚇死我了。身為一個男朋友怎麼可以沒車？
別笑死人了！

結果，我借了一晚上還是借不到～～自尊心都被朋友們輪流
踐踏過了還是借不到！
唉……男朋友真的好難當！

龍祥電影台

我終於又恢復了電視兒童的身分。

但是卻遍尋不著「龍祥電影台」的蹤跡,後來我才知道龍祥停播了。

那段抗爭時間我不在家,無法目睹這場慘劇～～天哪!

(怒火攻心) 龍祥怎麼可以停播呢?!

它可是陪我長大的好朋友哩,跟乖乖一樣!

從李連杰、成龍、張國榮到周潤發、史蒂芬周……龍祥可說是國片的驕傲、年輕人的掌上明珠。

為什麼只有陳昭榮看的ESPN摔角台沒停,卻要停人人愛戴的龍祥呢?!

陳昭榮：「（跩）因為我是三立一哥！」

我：「只准一哥加油摔角，不許平民緬懷國片！」

「心海羅盤」這種怪力亂神不停、彩虹也不停、連「格鬥天王」那種35歲親15歲的都不斷重播⋯⋯

老少咸宜的龍祥為什麼停播？！

徐娘：「（火大）為什麼不吃飯？」

我：「（堅決）因為我吃飯要配龍祥！」

瘋妹不要不要作戰

後來我發現……其實還有其他的國片台，而且一樣出色。

徐娘：「怎麼吃這麼多？不是說吃飯要配龍祥？」

我　：「又不是天天都非看國片不可，而且我還有『KERO-RO』、『海賊王』可以看！（←標準隨波逐流）」

徐娘：「……」

瘋妹不要不要仆街

最近大王心情很好，對於自己身為大王他感到非常的滿意。

除了洗澡常常大聲唱歌或是很豪爽的對我說：「想吃啥就說。大王（手指著自己）買給你。」之外，還常常帶我爺跟我奶出門去玩。

像今天，就去了北埔，說要泡冷泉。

說到北埔，可能很多人都不知道在哪。

其實我也不知道，我只很粗略的聽說，北埔在新竹跟苗栗之間的某個地方。

冷泉究竟有多好？

徐娘聽鄰居A太太說：「冷泉的水很清澈，很涼，對身體很好。」

我們怎麼可以聽到水很涼這樣的片面之詞就斷定北埔的冷泉是好的呢？

所以鄰居A太太又說：「冷泉的魚很友善，會自動游過來吸你的腳。」

開玩笑，要是那魚吸完香港腳再吸我不就萬劫不復了？!

就算我考量再多也沒用，因為已經出發了，大王義無反顧的出發了。

大王拿著A太太畫的那張看不懂的地圖，抱著海枯石爛的決心向北埔前進。

很順利的，到了新

癡妹不要不要仆街

竹之後我們沒有繞太多路就找到了聽路人說3分鐘可以到達的冷泉。

九牛二虎之力終於摘下芭樂

對呀,往那邊開三分鐘就到了...

我想問你冷泉是不是往這個方向?

謝謝帥哥...

這已經是遇到好心路人之後30分鐘的事了,但是我們還是很感激他。

彈珠汽水

烤香腸

冰圈子網子

冷泉其實不是一個點,它是一條溪。

那我們從何得知何處才是下車遊玩的最佳地點呢?

就看著那烤香腸的裊裊炊煙吧。

台灣的烤香腸文化真不是蓋的。有人的地方就有

瘋妹不愛不愛仆街

烤·香·腸。

香。

我們走著那搖搖晃晃又掛著警世標語：「吊橋損毀，請勿通過。」的鋼絲吊橋，望著橋下穿著鮮豔泳衣的大人小孩以及邊上那忠貞不二、屹立不搖的「請勿戲水」貞潔牌坊。

我搖搖晃晃的想著，在小孩的心目中，是否這些警告是學齡前幼童不需理會的；而在大人心目中這些警告就跟紅綠燈一樣是參考用的，反正不論如何心裡只要想著國賠，一切都會否極泰來？

也許你太冰雪聰明，你問：「那你搖搖晃晃的前進做啥？」

我說：「我沒有戲水，我只是泡腳。」
又一個該死的台灣人誕生了。

終於泡到冷泉了，真冷。
我也幸運的發現邊上石頭有一包魚飼料。是天上掉下來的禮

物嗎？

　　我跟著徐娘往上游走，我爺跟我奶坐在大石頭上悠閒的扔著魚飼料。

　　我擔心徐娘腳滑，所以頻頻提醒她要小心，真是一個乖孩子的好榜樣。

　　萬萬想不到，徐娘咻咻咻的就從我眼前消失了。

　　我驚慌失措不斷大喊以為她掉到水裡，原來徐娘這從小踩石頭長大的野孩子早就咚咚咚的踏著石頭前進。

　　害怕的只有我一個人，腳軟的緩慢前進。

　　有一種深深地⋯⋯經過深度腳底按摩的虛脫之感⋯⋯

　　我忽然發現，我好愛平地，好愛拖鞋，好愛可以保護腳底的一切措施。

　　我想家。

　　回家之後我馬上進入了深層睡眠。馬里亞納海溝那麼深⋯⋯馬汀啊，不要叫醒我⋯⋯

瘋妹不要不要仆街

飛越比佛利

咚

終點

這學期的報告終於在今天的12點前全部完成了！

灰姑娘也要變回馬車了！一切就好像盜壘差點被刺殺但是安全上壘一樣有驚無險，SAFE！！

終於可以不用再過張牙舞爪、死人骨頭的日子！！

床兒～～今晚我會好好疼惜你的！！

回想這段日子過得真是人不像人鬼不像鬼。

說話雞同鴨講，吃飯像被鬼上身，眼睛好像白內障，耳朵有嚴重幻聽，右手是冰的左手是熱的，兩腳抽筋抽不完……

好想念早餐店老闆…

不是大四了嗎？怎麼感覺一年過三年的生活啊？

我好久沒有看到早餐店老闆的臉了！>"<

整個人都麻木了……

每天吃Lays，跟綠色的孫燕姿大眼瞪小眼卻一點也樂不起來。

阿母，我出運了！

我終於跳過報告山了！！

首先我要感謝我的爸媽，他們賦予了我優良的客家血統，讓我堅忍不拔的做報告。

再來要感謝我的室友，每天忍受我大吼大叫以及骯髒凌亂的桌面。

瘋妹不要不要仆街

還有我的弟弟，讓我暢所欲言的罵髒話。跟你講完電話整個身心都有說不出的暢快，感覺身心靈都升級了！！

還有謝謝大家，在我爆肝的時候給予我很多支持以及偏方。

雖然有人質疑我作假，（爆的不是肝？）沒圖沒證據。

下次照X光的時候我會放上來請大家鑑定一下我的鮪魚肚！！

接下來是特別感謝，感謝暗黑破壞神的安達利爾。

安姐，每次在我煩躁的時候你都讓我一擊必殺並且掉下清脆的寶石聲，真的是讓我大呼過癮又撿的開心！！

親愛的保鏢諾利，我只顧著撿寶讓你一個人對付所有的敵人真的是很不好意思，在新的一年也要多多指教了喔！！

這兩天，我去鶯歌同學家玩。徐娘萬分叮嚀要帶她煮的白木耳湯去。

款著一大鍋包覆在紅白塑膠袋裡的白木耳，一瞬間我就化身成要回娘家探親的女人……

怎麼有男人？

火車到站了，停在我腳邊的正好是粉紅色的女性專用車廂。

「上去吧，上去吧！你今天是正港的女性，你要回娘家！」

心裡不斷的催促著，於是我隨著命運的吉他聲上了火車……

哇～～不愧是「女性專用」，因為它在列車長室的旁邊，所以英勇正義的列車長三不五時的就跑出來趕走賴在這裡的男性乘

客，不過還是有幾個充耳不聞故意蹺腳睡覺的少年郎。

　　不要以為你們學女人蹺腳就可以矇混過去。你們嘴上的大鬍子可是鐵證吶！

　　女人們同仇敵愾的瞪向他們。

　　這列火車非常奇怪，走走停停，還沒有離開月台邊就臨時停了下來，再稍微的行進了一滴滴，又停了下來，就這樣不斷持續著。

　　女性不愧是女性，不管到哪或遭遇什麼事都是這麼的堅忍不拔。

　　火車搖搖晃晃的停在橋上，就再也不走了。

　　不知道過了多久的時間，終於，大家開始有反應了，因

瘋妹不要不要小街

為，連冷氣都停了下來……

　　列車長終於出聲了：「不好意思，因為本列車的列車自動防護系統故障，耽誤各位旅客寶貴的時間還請原諒……」

大家開始撥電話……

　　「喂，你們先開會，我慢點到……什麼？……我現在在火車上……它不開我能有什麼辦法……」

　　「喂，我告訴你一件很扯的事喔！……我坐上了一輛壞掉的火車！……它不

動啊……就在橋上不動啊……我想我爬鐵軌都比它快到……」

「你再等一下會死啊……不是我想要遲到的啊！……你上次遲到我也沒有生氣呀……」

我以為……真的是我以為……
我以為大家會驚慌到屁滾尿流呼天搶地……
真的沒有……一絲都沒有……
…

好離奇...

要不要這麼祥和啊...

康熙王朝？
貞觀之治？

怎麼好像老爺爺假扮的？

整個車廂彌漫著祥和平靜的氣味……
我驚異的看著她們……

坐在我對面的阿婆A、B跟我旁邊的阿婆C好像是相約到中壢買菜。

瘋妹不雲不雲仆街

她們從中壢上車之後就開始聊天，一直到現在火車不開了。
她們也很有骨氣的把韭菜拿出來挑……

再環顧四周……

　　對面的小姐把剛買的高跟
鞋拿出來試穿。

　　　她旁邊的上班族也開
始補妝。

　　　高中生們就直接把數
學題目拿出來討論……

　　　大夥各司其職。

　　　還瞥見一個小妹豪氣
干雲的直接往地上一坐，
就夾起睫毛、搽起睫毛膏
……

大家完全顯示出一個欣欣向榮、自給自足的安樂社會。

我差點就要把白木耳拿出來分享了！

終於，我輾轉的到了鶯歌……

看了看手錶，嗯……20分鐘就可以到的路程居然開了一個多小時……

I服了U！

可怕的是，那輛列車一直沒有要送修的意味，還是搖搖晃晃的每站停靠，騙人上火車，騙人受驚嚇……

瘋妹不要不要仆街

捐血車、五花八門

身為一個專業的熱血青年，捐血是必備條件之一。

今天捐血車又停靠在校園裡了，輸人不輸陣，當然要去捐獻一下。

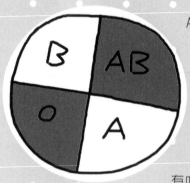

其實我是很怕針頭的，但是身為AB型一姐的我去年看了一篇報導，它說明其實AB型是很稀有的，只佔了四分之一的人口。

自詡為正義使者的我自從發現了自己是稀有血種自然虛榮又更上一層樓！

直到我最近向先抓炫耀了稀有血種這件事，被奚落了一頓才打醒我的美夢。

她說：「全世界有四種血型你當然只有四分之一啊！還稀有勒～去～」

瘋妹不要不要仆街

雄糾糾氣昂昂的走上捐血車……媽呀！人滿為患，擁擠到一個不行。

　　我才了解先抓說的：「根本不差你這一袋呀！」黯然理解她說的對。

　　測血的小姐（簡稱MISS測）恍神到不行，我前面的先生快抓狂了，MISS測根本還沒有割開前面那位先生的手指頭就拿吸管猛吸。

　　還問：「咦，怎麼吸不出來？」那位先生手都腫了。

　　輪到我的時候情況也沒有好到哪裡去。

　　MISS測很順暢的量完我的脈搏，戳破我的手指頭吸出一滴血。

　　可是可是，這樣的動作她×2，也就是說她對我是：量脈搏 → 戳手指 → 吸血 → 再戳手指 → 再吸血。

　　MISS測，你可以清醒點嗎？

瘋妹不要不要仆街

我坐在最車門邊的位子，所以捐血百態我都可以看到。

坐在椅子上我還左顧右盼了一下，沒想到冷酷無情的抽血小姐（簡稱MISS冷）果真冷酷無情，我都還沒有心理準備她就把針頭給刺了下去……

小姐，給點美好的回憶好不好？

2HR
紀錄保持人。

坐在我旁邊跟我「共用」MISS冷的亂髮小姐（簡稱MISS亂）很無力的說：「請問我可以去上廁所嗎？」

MISS冷說：「很急嗎？可是你的血流得太慢了，都兩個小時了半包都沒有……」我瞪大眼睛看著她。

要換我流兩個小時血，我都變人乾了！

接著上來兩個俏妞（簡稱俏甲跟俏乙）。

俏甲跟俏乙說：「你還沒有捐過所以你要填一下單子。」

瘋妹不要不要仆街

登記的先生（簡稱MR.登）跟她說：「小姐你的體重未滿45耶，不能捐。」

俏乙說：「拜託一下，我真的很想要捐，不然我多喝一些水，你等我一下、等一下我就45了！」

俏乙，你好像大時代的末成年嚷著要參與抗戰一樣……也太拚命了吧！

我擔心你一捐完就失血過多馬上用到你那一包了……何必呢？何必呢？

後面那一位同學穿著厚重的大外套，很豪爽的說要捐500c.c.。

MR.登問他幾公斤，他遲疑了一下說：「75」。

沒想到脫了外套之後，骨瘦如柴。

MR.登搖手說：「你哪有75！（手也不客氣的槓掉500c.c.，改勾250c.c.）捐250就好了！」

wait！

瘋妹不要不要仆街

同學，捐血不如捐錢想捐多少就捐多少。
要量力而為呀！

　　直到我捐完血了旁邊的MISS亂依舊眼神放空的望著她那永遠
裝不滿的250c.c.血袋發呆。
　　而我，拿著大包小包的紀念品揚長而去。
　　250c.c.，哼，老娘還不放在眼裡，哈～～

瘋妹不要不要仆街

這邊跳樓的人很多，撐傘擋一下先～

今天我上線，有一個很久不見的高中同學密我。

真是一段刻骨銘心的深刻友誼，總是在這麼個關鍵時刻可以來上一句：「來個擁抱吧！」

人生可以找到可以擁抱的對象實在不多。

抱.

都滿月了說～

生日快樂!!

酷a：「hihi，好久不見。」

我 ：「嗯，好久不見，怎麼了嗎？」

酷a：「我特地上線來跟你說生日快樂呢！」

我：「= = 謝謝……

都滿月了呢！」

　酷a：「蛤～～你不是6/1生日嗎？」

　我：「……其實是5/1。（OS：我們當初真的是生死與共嗎？）」

　酷a：「……你在幹嘛呀？要準備畢業了厚？」

　我：「對呀，我正想問你畢業要幹嘛呢，你們真好，可以換個地方逍遙。」

　　　　　　　　　酷a：「哪有換個地方逍遙啊？」

　　　　　　　　　我：「當兵呀！你不用當兵呀？」

　　　　　　　　　酷a：「喔，對耶！要耶！」

　　　　　　　　　我：「嗯？可以不要是我提醒你嗎？」

　酷a：「說的也是，反正兵單會提醒我。可是我應該會去考個研究所什麼的。」

　我：「可是研究所不是這幾天才剛放榜嗎？」

酷a：「嗯？是嗎？對耶！」

我：「你好奇怪喔……你是不是被外星人抓去洗腦了啊？」

酷a：「……最近都沒有在注意時間。」

我：「但你也太誇張了吧！你delay了一個月

耶！這一個月你到哪去了？」

　　酷a：「……（轉移話題）你要去找什麼工作呀？」

　　我：「嗯……就很一般的工作……」

　　酷a：「別怕，別怕，ok的啦！」

　　我：「哈，你這個客套人！」

　　酷a：「我會向上帝禱告請祂讓你在七月找到工作的！」

　　我：「可是我六月就要畢業了耶！」

　　酷a：「你怎麼會這麼早畢業啊？」

　　我：「嗯？大家都這樣吧？你不用畢業嗎？」

酷a：「對耶！我也是！」

我：「……（我好像在跟一個剛冬眠完的熊說話。）」

當初……想當初，我們的友誼是多麼的美好。

高一分班前一天我們還相擁而泣並立下了永不分離的誓言，雖然隔天分班名單出來發

現其實我們也只是隔壁班，但這段可以擁抱的友誼一直讓我溫暖到大學。

萬萬想不到，再過四年，竟是這樣收場……

我跟我現在的同學提起這件事。她不可思議的問我。

SAN：「請問一下他是哪個大學的？」

我：「高師大……」

SAN：「嗯？請問是火星的高師大嗎？」

同學，讓我帶著你到玉里去吧！我聽大家說那裡風景優美，水聲潺潺，鳥語花香……

　　我想你會喜歡的。

過去一個星期，我在邊趕報告的過程中邊擔任療傷系張老師的職務。

叮叮……

我：「呃……請問你是……？」

某甲：「我是看了你的部落格所以加了你的MSN……」

我：「喔……」

某甲：「可以跟你聊感情的事嗎？」

我：「（嚇!!）……呃……可以……」

宅妹不露不賣什街

叮叮……

我：「呃……請問你是……？」

某乙：「我很喜歡你的部落格所以加你為好友！」

我：「喔……」

某乙：「你現在有空嗎？」

我：「喔……我在趕報告……不……（被打斷）」

某乙：「可以跟你聊感情上的事嗎？」

我：「呃……喔……好……」

叮叮……

我：「呃……請問你是……？」

某丙：「我無意間看到你的部落格，覺得你說話很有趣就加入了你的MSN！」

我：「喔……那……我要弄報告……就……（被打斷）」

某丙：「可以跟你聊感情的事嗎？」

我：「……」

叮叮……

我：「……」

某丁：「我剛看到你的部落格，發現你……（被打斷）」

什麼鬼東西!!
給老子滾遠一點!!

我：「（怒火
中燒）不要
再跟我聊感情的事
了!!老娘要做報
告!!」

某丁：「＝　＝誰要跟你聊感情的
事啊！我是XXX我看到你在Yahoo的部落格啦!!蕭雜ㄇㄡㄟ!」

我：「……」

鈴鈴鈴……

我：「喂，張老師嗎？可以跟你聊感情的事嗎？」

謝謝你，9527

這天，我依舊木然的等紅燈過馬路……

一直到旁邊爆出爭吵的聲音我才回神，發現我旁邊站了一個女生。

她是一個綁馬尾、背雙肩背包、手拿白紙扇……不是，是手拿自動傘，的女生。

為什麼要特別介紹她呢？

我也不知道，不過她是事件的主角……嗯？？我想更貼切的說她應該是「女配角」，而且是「最佳女配角」。

事情是發生在一個月黑風高的晚上……

是發生在一個紅燈的十字路口上。

天氣很冷，有一個流浪漢跟旁邊的「一口煎餃」頭家娘發生衝突，詳細情形我不知道，不過我推測，應該是一樁民事訴訟……只是一般的爭吵而已。

流浪漢不停的跟頭家娘要煎餃吃，但是頭家娘一直要叫警察。

這樣鬧了一陣子，我身邊的女生忽然打破僵局，上前跟頭家娘說：「我要買煎餃。」

來兩粒啦~

小姐你真的是不怕死，這樣的場面你還敢開口說要買煎餃。

我看那頭家娘差一點要把椅子扔出來了……

因為那女生的一句話，頭家娘愣住、流浪漢愣住、我也愣住。

癮妹不需不需小衛

等到頭家娘終於回神，急急忙忙的說：「那你要幾個？」
更驚悚的事發生了。

那女生問流浪漢說：「那你要幾個？」

眾人傻眼……

難道……難道……他是你失散多年的父親？!

還是桃花島島主？

還是九指神丐？？

頭家娘一邊傻眼一邊裝一邊說：「嗯……其實我也不是不願
意給他，只是他每天這樣來鬧我生意是要做不要做啊？（越說越

小聲）」

　　那女生還不忘撇頭問流浪漢說：「你要加辣嗎？」

　　我傻愣愣的看著這一切的發生。

　　終於……綠燈了。（呼～一瞬間覺得這90秒過得好慢……）

　　我尾隨那女生（嗯……我是以崇敬的心情尾隨的，不是變態），忽然覺得，這才是社會的支柱、國家的棟梁呀!!

　　我在背後暗暗的舉起我的大拇哥，好樣的！

　　忽然又感到慚愧，我從頭到尾只敢在旁邊不斷上演內心戲，雖然內心戲是得金馬獎的不二法門。

　　我仍然在想，若等紅燈的只有我一人

　　～那我會怎麼做呢？

　　悶……

魔女不香不臭似醋

學期末的報告真的是要死的多又要死的難。

星期五要簡報，（什麼簡報，難報死了！）現在連個蛋都孵不出來，整組人崩潰到一個不行。

MOTO真的是想逼死我，明明是大廠牌，資料卻少得可憐，連我窮途末路使用了終極密招「地毯式搜索法」（註一）也只完成不到十分之一，果真是狗急跳牆卻翻不過。

看來，只好借我爺爺一用了：「我以我爺爺的名譽起誓，MOTO就在你們之中！！」←崩潰得太嚴重，對著google叫囂……

報告還是多到做不完……眼看跨年都要成為泡影了……

天哪！我追求的究竟是怎樣的一個生活？

不就是每天裹著毛毯躺在搖椅上，脖子掛著一串餅，想吃就吃、

想睡就睡，看著滿地的餅屑慢慢的引來螞蟻……然後老死。

不是這樣的嗎？

自從小學我的志願寫「撿破爛」被老師打個半死之後，我就了解到自己的人生能多平凡就多平凡。

可是現在我在幹嘛？？

真想豪爽的掀桌說：「老子不幹了！」揚長而去……但我不能（好想接「放歌」＝＝中徐志摩的毒太深了……）

唉……還是繼續搜索下一張地毯吧～～～

註一：「地毯式搜索法」乃網路搜尋之入門，0～100歲皆可使用，只要時間多眼睛尖耐性佳閱讀快即可達成。七日練成，收費500。

宅妹不宅不宅什麼

不知怎地，每次我要安慰別人卻總是惹來拳腳相向。

朋友被笑矮。
我安慰他：「英雄不怕出身低。」

朋友向我證實：「我真的胖嗎？」
我說：「你真的不胖。你只是不瘦。」

朋友問我：「我是不是看起來變黑了？」

我說：「其實真的還好，只是晚上像包青天。」

朋友問我：「新髮型好看嗎？」
我說：「好看。超像潘迎紫的！」

朋友再度問我：「這次的造型好看嗎？」
我說：「嗯，比上次好。這回像白冰冰。」

朋友向我抱怨想追的女生都不表態，同時接受好幾個人追求。
我說：「貨比三家不吃虧。」

其實我都是發自內心的安慰他們，真心誠意的！！

因為你禿頭 33

最近……禿頭是我的原罪。

我說：「欸，天氣真的他娘的冷！」
「誰叫你禿頭！」
「……」
我說：「欸，排水孔塞住了耶！」
「誰叫你禿頭！」
「……」
我說：「哇嗚，今天頭髮乾得好快，都不用吹風機！」
「誰叫你禿頭！」
「……」

我說：「今天拍學士照老闆說我戴學士帽比較好看！」
「誰叫你禿頭！」

「……」
我把酒問青天：「為什麼排擠禿頭？為什麼排擠我？重點是：我‧又‧沒‧禿！」

父母特異的邏輯

父母的年齡到達某一種水準的時候，都會出現很特異的邏輯思考。

以徐娘來說好了，她常叫我們半夜不要玩得太大聲會吵到鄰居，可是自己卻在叫我們安靜之後開始拿吸塵器吸地。

大王也很奇怪，他叫我們不要買糖果來吃，可是我們一買來卻被他整包拿去吃還唸我們為什麼不多買一點。

其實很多人家裡都有「誰叫你不……」的這種公式出現，可能是「誰叫你不讀書」、「誰叫你不運動」，或「誰叫你不做家事」之類的。

　　這樣的公式可以成為任何事件的理由，當我說：「唉……最近好像都沒有什麼朋友。」

　　徐娘就會說：「誰叫你不讀書。」整個就是很莫名其妙。

一個勁不知道在氣什麼。

想出去玩耍呀‥

誰叫你不讀書!!

唉…最近好像都沒啥朋友‥

　　當我說：「咦，對面的妹妹好像瘦了點。」

　　徐娘常接：「誰叫你不做家事。」

　　……其實很想搖搖他們的肩膀叫他們不要再亂扯理由了。

而且父母都會以為自己經歷過很多的大風大浪，常常說自己從前過得有多艱苦，呼籲我們要知足。

　　比如說，徐娘都會說：「你們要多唸點書，不要像我們一樣做工人，你們可以唸書多幸福，哪像我們想唸又不能唸。」

　　這個時候如果多嘴說了一句：「那你現在可以去唸呀！」馬上就會招來一頓白眼。

　　害怕的爸媽就會搬出年齡作為藉口說：「我也很想呀，可是我現在又老花眼學習能力又不佳，而且我還要去賺錢給你們唸書⋯⋯$%^&」之類的推託之詞。

　　而且他們非常排斥現在很便利的東西，像電腦、微波爐、隨身聽跟手機（一些時髦的爸媽有社交需求的不算在內）。

　　明明才睡到十點爸媽就會高分貝的大叫：「都十二點了還不

我是假的嗎？
當我空氣？

12點了還不起床呀!!

又完全不知道在火什麼⋯

太陽完全沒曬到屁股⋯

給我起床！」他們的時間真的是過超快的。

　　而且他們都很熱切的認為考大學或考研究所跟考小學月考一樣是容易的。

　　其實……「我在外面競爭是很辛苦的，你知道嗎……爸媽？」（笑）

　　從前從前有一個到處旅行的飛行箱王子2260，他把父親的錢全部敗光之後怕被抓到監獄就躲進了這個裝錢的箱子裡。

　　想不到天無絕人之路，這竟是一個會飛的箱子，所以2260便逃到天涯海角……

　　有一天，他飛到一個新國家，看見了在皇宮窗外吹風的公主。

　　他愛上了她。

　　國王說：「那你講一個最浪漫的故事給我們聽，要是夠浪漫我就把公主嫁給你。」

　　2260說：「從前從前有一個人魚公主……」

　　國王說：「這是一個浪漫的故事，但是也是一個老掉牙的故

事。能不能說別的？」

　　2260說：「這個你絕對沒有聽過。我在一座小島聽見的最刻薄的浪漫。」

　　國王說：「……」

　　2260說：「從前從前有一個人魚公主，她在某天落日之際看見了在船上的王子。她看著跳舞的王子再看著自己的魚尾……

　　她跑去找巫婆。

　　她告訴巫婆她想要一雙腳。

　　巫婆說：「拿你美麗的頭髮來跟我換。」

人魚說：「不行，我的香菇頭將會引領流行。」

巫婆說：「拿你美麗的眼睛來換。」

人魚說：「不行，這樣我看不見珍珠項鍊跟翡翠戒指。」

巫婆說：「拿你美麗的聲音來換。」

人魚說：「好，反正我茶來伸手飯來張口又不用助選，一言為定。」

巫婆說：「把這罐白蘭氏喝下去。」

於是人魚公主有了腳。

她開心的去參加王子的舞會，卻發現她的腳每過一個時辰就大一號，並且發出陣陣惡臭……

大家都笑她是香港大咖，連王子都掩著嘴偷笑。

人魚不堪這個打擊，跑回去找巫婆。

人魚比手畫腳：「你給我這什麼腳？」

巫婆說：「一暝大一吋長芽腳。」

人魚比手畫腳：「把我的聲音還給我！」

巫婆說：「你要用什麼跟我換？」

人魚比手畫腳：「我用SOGO禮券跟你換！」

巫婆說：「成交。」

於是人魚拿回了聲音。

但她一開口那聲音粗得驚天地泣鬼神。

人魚粗聲粗氣說：「這是誰的聲音？」

巫婆說：「萬里長城萬里長的聲音，林美秀用完忘記吃京都念慈庵就還我了。」

人魚粗聲粗氣的說：「那我的聲音呢？」

巫婆說：「迪士尼的小美人魚借去用了，要56個工作天，你就將就點用。」

人魚黯然離去……

終於，人魚粗著嗓子、坐著輪椅，跟王子結婚了。

這就是我說的刻薄的浪漫的故事。

國王說：「怎麼可能有這種荒唐的事，你從哪聽來的？」

2260說：「這是千真萬確的故事。這是我旅行經過台灣的時候聽見的，如果你不相信可以找孤狗大神查一下。」

國王說：「關鍵字要打什麼？」

2260說：「吳・淑・貞。」

於是，飛行箱王子2260跟公主結婚了。

※本故事純屬虛構，如有雷同，純屬巧合。

國家圖書館預行編目資料

瘋妹不要不要仆街／我媽叫我不要理她　圖．文
-- 初版. -- 臺北市:寶瓶文化, 2007[民96]
　　面；　公分. --(enjoy；26)
ISBN 978-986-7282-83-5(平裝)

855　　　　　　　　　　96001780

enjoy 026

瘋妹不要不要仆街

圖・文／我媽叫我不要理她

發行人／張寶琴
社長兼總編輯／朱亞君
主編／張純玲
編輯／夏君佩
外文主編／簡伊玲
美術設計／林慧雯
校對／張純玲・陳佩伶・余素維・我媽叫我不要理她
企劃主任／蘇靜玲
業務經理／盧金城
財務主任／趙玉雯　業務助理／彭博盈
出版者／寶瓶文化事業有限公司
地址／台北市110信義區基隆路一段180號8樓
電話／(02)27463955　傳真／(02)27495072
郵政劃撥／19446403　寶瓶文化事業有限公司
印刷廠／世和印製企業有限公司
總經銷／聯經出版事業公司
地址／台北縣汐止市大同路一段367號三樓　電話／(02)26422629
E-mail／aquarius@udngroup.com
版權所有・翻印必究
法律顧問／理律法律事務所陳長文律師、蔣大中律師
如有破損或裝訂錯誤，請寄回本公司更換
著作完成日期／二〇〇六年十一月
初版一刷日期／二〇〇七年三月
初版四刷日期／二〇〇七年三月九日
ISBN：978-986-7282-83-5
定價／230元

愛書人卡

感謝您熱心的為我們填寫，
對您的意見，我們會認真的加以參考，
希望寶瓶文化推出的每一本書，都能得到您的肯定與永遠的支持。

系列：E026　書名：瘋妹不要不要仆街

1. 姓名：＿＿＿＿＿＿＿　　性別：□男　□女

2. 生日：＿＿＿＿年＿＿＿＿月＿＿＿＿日

3. 教育程度：□大學以上　□大學　□專科　□高中、高職　□高中職以下

4. 職業：＿＿＿＿＿＿＿

5. 聯絡地址：＿＿＿＿＿＿＿＿＿＿＿＿＿＿＿＿＿＿＿＿＿＿

　　聯絡電話：(日)＿＿＿＿＿＿＿＿＿＿(夜)＿＿＿＿＿＿＿＿＿＿

　　　　　　　(手機)＿＿＿＿＿＿＿＿＿

6. E-mail信箱：＿＿＿＿＿＿＿＿＿＿＿＿＿＿＿＿＿

7. 購買日期：＿＿＿年＿＿＿月＿＿＿日

8. 您得知本書的管道：□報紙／雜誌　□電視／電台　□親友介紹　□逛書店　□網路
　　□傳單／海報　□廣告　□其他

9. 您在哪裡買到本書：□書店，店名＿＿＿＿＿＿＿　□劃撥　□現場活動　□贈書
　　□網路購書，網站名稱：＿＿＿＿＿＿＿　　□其他＿＿＿＿＿＿

10. 對本書的建議：(請填代號　1. 滿意　2. 尚可　3. 再改進，請提供意見)

　　內容：＿＿＿＿＿＿＿＿＿＿＿＿＿＿＿＿

　　封面：＿＿＿＿＿＿＿＿＿＿＿＿＿＿＿＿

　　編排：＿＿＿＿＿＿＿＿＿＿＿＿＿＿＿＿

　　其他：＿＿＿＿＿＿＿＿＿＿＿＿＿＿＿＿

　　綜合意見：＿＿＿＿＿＿＿＿＿＿＿＿＿＿＿＿＿＿＿＿＿＿＿

11. 希望我們未來出版哪一類的書籍：＿＿＿＿＿＿＿＿＿＿＿＿＿＿

讓文字與書寫的聲音大鳴大放

寶瓶文化事業有限公司

（請沿此虛線剪下）

寶瓶文化事業有限公司　　收

110 台北市信義區基隆路一段 180 號 8 樓

8F, 180 KEELUNG RD., SEC. 1,

TAIPEI. (110) TAIWAN R.O.C.

（請沿虛線對折後寄回，謝謝）